诵读 蒙古学经典

SONGDU
MENGGUXUE JINGDIAN

— 刘春子 / 编著 —

3

内蒙古人民出版社

图书在版编目(CIP)数据

诵读·蒙古学经典. 3 / 刘春子编著. -- 呼和浩特 : 内蒙古人民出版社, 2020.11
ISBN 978-7-204-16428-8

Ⅰ. ①诵… Ⅱ. ①刘… Ⅲ. ①蒙古族－少数民族文学－作品综合集－中国 Ⅳ. ① I291.2

中国版本图书馆 CIP 数据核字 (2020) 第 178619 号

诵读·蒙古学经典·3

作　　者	刘春子
策划编辑	贾睿茹
责任编辑	白　阳
封面设计	宋双成
封面插画	孙　强
内文插画	杨乌日嘎　王　焱　陈利鑫
出版发行	内蒙古人民出版社
地　　址	呼和浩特市新城区中山东路 8 号波士名人国际 B 座 5 楼
印　　刷	内蒙古爱信达教育印务有限责任公司
开　　本	787㎜×1092㎜　1/16
印　　张	6
字　　数	90 千
版　　次	2020 年 11 月第 1 版
印　　次	2020 年 11 月第 1 次印刷
印　　数	1—2000 册
书　　号	ISBN 978-7-204-16428-8
定　　价	26.00 元

如发现印装质量问题，请与我社联系。联系电话：（0471）3946120
网址：http://www.impph.com

序

中华文化源远流长、历久不衰，在世界文化中独树一帜。造就这种独特而伟大的文化发展现象的原因之一，就在于它多元一体、和而不同的内在建构。在这个内在建构中，作为草原文化的重要组成部分——蒙古族文化是其不断演进、发展的重要动力源泉之一。

在长达千年的历史长河中，这个被称为“马背上的民族”创造了并至今还在创造着光耀千古、气势恢宏的历史文化，源源不断地将一个民族的伟大精神以璀璨绚丽的音乐、舞蹈、绘画、科技、军事、哲学思考、文艺作品、历史典籍等形式投射到长生天不朽的时空幕布上，直至凝铸成中华文化之星座，汇聚成世界文化之星系。

蒙古民族曾以美丽的牧歌走向世界，以恢宏的征战走向世界，以难以企及的国家版图走向世界，更以浩如烟海的历史文化艺术典籍走向世界！

荟萃草原文化精华的《成吉思汗箴言》与《论语》同为闪烁着哲人智慧光芒的人类宝贵的精神财富。

《格萨尔王》《江格尔》等草原民族的英雄史诗是蒙古民族重要的精神图腾，是“一个民族精神标本的展览馆”，将“处于英雄时代具有原始新鲜活力的全部民族精神都可以表现出来”，为我国在世界史诗领域赢得了崇高的地位。

被誉为“草原《史记》”的《蒙古秘史》将神话传说、英雄史诗、祝词、赞词、民歌等诸种传统的民族文学体裁有机地融合在对历史的记述之中，创造了历史文学体裁的新形式。

作为草原民族法典代表作的《大札撒》则是一座里程碑，引导蒙古民族跨入法治社会。在世界法制史上，它与中原农耕民族的法典代表作《大秦律》、欧洲的《罗马十二铜表法》、古代巴比伦的《汉谟拉比法典》一样，都代表了人类法制建设划时代的历史跨越……

蒙古族世界级的经典又何止于此！

文化兴则国运兴，文化强则民族强。夺取新时代中国特色社会主义伟大胜利，实现民族伟大复兴，必须坚定文化自信，大力继承与发扬灿烂的民族文化。草原文化从来不是一个封闭的系统，它具有强烈的开放性、包容性与接纳性。它鲜艳，鲜活，虽发端遥远，却历久弥新。它的文化精神内核可简要归纳为：质朴天然、本性纯真，奋发进取、自强不息，自由开放、热爱自然，尊信重义、崇尚英雄等。以上特质与当今的时代精神和全球背景下的人文价值诉求高度契合，是拈来即可应用的人类文化瑰宝。

2019年8月16日，习近平总书记在内蒙古大学考察时，仔细察看了蒙古族的经典馆藏，听取了关于蒙古族历史文化的讲述。这充分体现了总书记对民族文化和民族教育的重视。习总书记曾讲："年轻人是实现第二个百年奋斗目标的骨干和栋梁。"因此，对我区青少年学生的民族教育要从小抓起，使其循序渐进地接触、了解蒙古学的知识，形成正确的世界观、人生观、价值观。当今，有关国学经典诵读的著述早已数不胜数，而蒙古学经典读物尚属凤毛麟角，即使有，也略显简单化、平面化，远不能体现作为经典的巨大教化作用。

基于此，我们编纂了这部《诵读·蒙古学经典》丛书。这套书以社会主义核心价值观的"富强、民主、文明、和谐，自由、平等、公正、法治，爱国、敬业、诚信、友善"十二项内容为基本精神遵循，又细化为多个人类优秀品格、素质、规范等，再从浩瀚的蒙古学经典著作中遴选、整理与以上原则相对应的，适合青少年诵读学习的箴言、谚语、史料、律条、神话传说、历史故事等作为文本内容，系统涵盖了智育、德育、美育等教育范畴，以及政治、经济、文化、科学、军事、伦理、艺术、生态、教育等多个领域。延伸阅读部分又辅之以大量传统国学经典与之相呼应，凸显了草原文化是中华文化不可分割的一部分，是与中原文化长期碰撞、交流、吸收、融合的结果。这套书按年级从低到高共分6部，主题鲜明，内容翔实，形式多样，文字生动，是少年儿童学习民族文化的理想阶梯，奠定道德精神大厦的坚固基石。

春风大雅能容物，秋水文章不染尘。经典，传承千年而精神不老，流传亘古而馨香益醇。读经典是一个励志、炼心、启智、铸魂的历程。在此中，积累的是语言，培养的是灵性，造就的是智慧，升华的是品质。

学习，继承，发扬，我们义不容辞；诵读，品味，感悟，我们不亦乐乎！

编者

2020 年 8 月

目录

第一单元　爱祖国

第二单元　重情谊

Contents

第三单元　立诚信

第四单元　勇实践

目录

第一单元

爱祖国

热爱脚下的山川大地、江河湖海，珍视祖国的森林草原和每一寸土地，这是爱国。善待这片土地上的每一位同胞，努力成为更好的自己，这也是爱国。小朋友，爱国并不是高高飘在天上，而是踏踏实实做好应该做的每一件事。

1. 为国奉献

我是固守国家的柱子，
我是维系社稷的纲纪。
我的诸弟、诸子呵！
你们要谨守传统根本，

为社稷献出毕生的精力。
我的诸位长老们啊！
你们不要有什么顾虑，
为国家要不断向我进言。

（选自《成吉思汗箴言》）

导读

社为土神，稷为谷神。社稷，土神和谷神的总称。土神和谷神是在以农为本的中华民族最重要的原始崇拜物。因社稷为帝王所祭拜，后用来泛称国家。

延伸阅读

“九·一八”事变后，东北地区的许多蒙古族青年参加了抗日联军。1932年4月，在中国共产党的领导下，绥远成立了蒙汉各阶层人民参加的反帝大同盟。1933年，土默特旗蒙古族地方武装老一团官兵开赴察哈尔前线，参加了由冯玉祥、吉鸿昌、方振武领导的察哈尔民众抗日同盟军。1934年7月，哲里木盟奈曼旗蒙汉人民群众，为反抗日本统治者，组织了五百多人的“抗日救国军”，攻下伪警察署，杀死七名日本官吏。1936年2月21日，百灵庙蒙政会保安队官兵，不满德王勾结日寇、出卖民族利益的行径，在云继先、朱实夫、云蔚等人的组织领导下，举行武装暴动，宣布脱离德王，实行抗日。这次暴动，打击了日寇的侵略气焰，推迟了侵略者的西进日程，也表明了蒙古族人民反抗日本帝国主义侵略及德王卖国投降政策，争取民族独立的决心。

宁可做同胞脚下的泥土，不可当敌人掌上的珍珠。

为民族谋利到白发，为国家奋斗到齿落。

（选自《蒙古族谚语》）

导读

一百多年来，为了抗击帝国主义列强，蒙古族人民进行了无数艰苦卓绝的斗争；为了反对帝国主义、封建统治阶级的残酷压迫，蒙古族人民曾无数次揭竿而起，燃起反抗压迫、剥削的烈焰。独贵龙运动，席尼喇嘛，席卷整个东北的白凌阿、弥勒僧格起义，嘎达梅林抗垦起义……不屈不挠，感天动地。从二十世纪二十年代初期开始，中国共产党领导内蒙古各族人民群众，经过血雨腥风、艰苦卓绝的斗争，取得了内蒙古革命史一个又一个的胜利。

延伸阅读

多松年于1905年4月出生在归绥（现呼和浩特市）麻花板村一个贫苦的蒙古族农民家庭。1923年5月，在归绥青年学生抵制日货、反对"二十一条"的爱国运动中，多松年活跃在斗争第一线，成为骨干。1923年秋天，多松年考入北京蒙藏学校（现中央民族大学附属中学）。同年底加入中国社会主义青年团，担任蒙藏学校团支部第一任书记，1924年秋天加入中国共产党，是蒙藏学校党支部负责人之一。1925年9月，多松年去莫斯科中山大学学习；1926年回国担任中共察哈尔特别区工委书记。1927年4月，作为热河、察哈尔、绥远的唯一代表，赴武汉参加中国共产党第五次代表大会。1927年8月被捕，牺牲于河北省张家口市大境门，年仅22岁。他的一生虽然短暂，但是，他的光辉业绩永载青史。

2. 勤于政事

可汗社稷地阔天宽，不容在暗无天日下功德圆满。要光明正大，不得徇私办案，要一心一德奉公不倦。言说无差，不对任何一方偏袒；未犯重罪的不得从重处罚；不要让那些有事情申辩的人哀号叫冤；不要让那些鼓舌如簧的人狡诈诡辩。

手执刀剑，头枕箭筒，
骨弃荒野，为国捐躯。
摆海子阵，打凿穿战。
来如天坠，去如电逝。
在战马的尾上飘扬起征云怒雾，
在战马的鬃上扬起太阳的红焰。

铜铸的头，锥利的舌，钢铁的心，钉坚的齿。

把顽石撞碎，将崖子冲破，把磐石击烂，将深水横断。

（选自《成吉思汗箴言》）

导读

海子阵，是蒙古骑兵在作战中的一种战法。由于一辈子都跟弓箭打交道，蒙古骑兵养成了没有固定队形，通过“潮儿”来传递暗号，在广阔的草原上纵马驰骋，忽聚忽散，犹如海水波浪一般的作战方式。聚拢是为了集中箭矢密集打击，而分散是为了将敌手的箭雨杀伤力降到最低，这就是海子阵。

延伸阅读

蒙古骑兵曾三次西征，马蹄踏遍欧亚大陆。当时，在欧洲人眼里，蒙古骑兵“身穿牛皮，手持铁盾;他们身材矮胖,体格健壮,不屈不挠,战无不胜；他们的背后毫无遮盖，胸前披挂铠甲；他们非常喜欢喝纯羊血，骑高大健壮的马；这些马吃树枝、树叶……他们比狮子、熊罴还要凶猛；他们拥有牛皮船，一般 10 至 12 人一条；他们会游泳，又会驾船，因此，他们能无阻碍地渡过最宽、最急的河流；他们在没有饮料时,就喝浊水、泥水。他们配有单刃剑和匕首,是出色的弓箭手”。

（【英】马修·帕瑞斯《历史之花朵》）

戴破你染泥的帽子，伸出你铁打的马镫，你走遍天下，苍天只是途径。横断海洋，你要声声相闻；冲碎岩石，你要呐喊沉稳！袖子断掉，衣襟破损，你要坚定不移前进！

（选自《成吉思汗箴言》）

导读

蒙古人经历过最艰难困苦的生涯，也经得起、耐得住劳累。豪无畏惧地迎难而上，不达目的决不罢休。在历史长河中，他们经受住来自自然界的灾害、来自敌人的袭击。他们与自己的体力抗争，与一切艰难困苦抗争，既求得了生存发展，又成就了世界征服者的英名。

延伸阅读

1211 年，蒙古军队对南方的金朝开战。蒙古人仅 70 万人，军队 15 万；金朝 5000 多万人，军队 100 万。在力量十分悬殊的状况下。蒙古军队凭着吃苦耐劳、勇往直前的精神最终推翻了金朝，直到最后统一了中国。

在统一中国的战争中，俘虏的金朝和宋朝那些能工巧匠，大大丰富了蒙古军队的装备。蒙古军队从金朝的战场上退下来，从一只只有轻骑兵的单编军队，演变成了具备工程兵、步兵、骑兵、攻城武器的先进混编军队。

3. 人民至上

如同手足的朋友，是家中之宝；
建树功勋的人民，是国家的宝。
水之源是泉，国之本是民。
天空的美丽在于太阳、月亮和星星；
群山的美丽在于野果和森林；
一个国家的美丽，在于人民。

（选自《蒙古族谚语》）

导读

一个伟大的国家、一个历史悠久的民族，辉煌的历史、灿烂的文明，是被普普通通的人民创造出来的。人民，是国家的基石。让人民过上幸福生活，是我们不可推卸的责任。

延伸阅读

花剌子模是由突厥人建立的一个统治中亚地区的伊斯兰政权，兴起于12世纪。这个王国曾经与西辽军队大战，被西辽击败。当蒙古汗国崛起后，成吉思汗曾经派遣一支几百人的商队，代表大汗意志，试图与花剌子模建立起外交关系。然而，花剌子模的封疆大吏贪图财货，诬蔑这支商队为蒙古汗国间谍，将他们全部残忍杀死在讹答剌城。成吉思汗保持了最大的克制，他再次遣使至花剌子模首都，要求给个说法，然而这些使者却被花剌子模苏丹摩诃末杀害。忍无可忍的蒙古汗国不得不自卫反击，与花剌子模开战。两年后，经历了一连串战役的花剌子模变成了一片废墟。

4. 捍卫国土

创业开始，不过一两个亲信相随；再看如今，我登上了皇帝的大位！

要把我来之不易的皇上名号切实珍爱，要把我苦战得来的完璧河山牢固护卫！

（选自《成吉思汗箴言》）

导读

从古至今，不知有多少将士，有多少百姓为了国家，牺牲了自己的一切。史书之上，永远只是寥寥数语，那些没有记载的，掩埋在岁月长河中的人们，终有一日会被后人记起，并永久缅怀，他们的信念与精神也会一代代地传承下去。

延伸阅读

蒙古族著名抗日将领李海山，出生于哲里木盟科尔沁左翼中旗，行伍出身，曾经任哲里木盟科尔沁左翼中旗卓哩克图亲王府统领。1931年“九一八”事变后，他率领辽北蒙边骑兵投入抗日斗争，转战吉林西部、辽宁北部、内蒙古哲里木盟等10个旗县的广大地区，先后与日伪军作战百余次，共毙伤日伪军4000多人，俘数百人，击落日军轰炸机1架，烧毁日军坦克、装甲车12辆。1933年7月参加了收复多伦的战斗。1945年11月，他在张家口出席了内蒙古自治运动联合会成立大会，当选为执行委员。1947年，在“五一”大会上，被选为内蒙古自治政府委员。从此，他在中国共产党的领导下，投入内蒙古的民族解放事业中。

第二单元

重情谊

小朋友，团结就是力量，这力量是铁，这力量是钢，比铁还硬，比钢还强。一个人的能力总是有限的，而我们要做的事却远远超出了我们的能力。一块木板承载不了多少水，几块木板组合成木桶，就能装下很多的水。团结，就是这么神奇，可以让一加一大于二。

1. 团结一致

老人们说，从前有两条蛇：一条只有一个头，另一条生了九个头。一天夜晚，天气突然冷了，滴水成冰，那只一个头的蛇很快地爬进洞里保全了性命，而那只多头蛇，一头往东，一头往西，一个要往南，一个要往北，最后哪个洞也没爬进去，冻

死了。

朕留下的宝座，只能坐一个儿子，我已经它他交给窝阔台了，大蒙古帝国的将来就靠他的勇略和才智了，他就是你们的头！

（选自《成吉思汗箴言》）

导读

孛儿只斤·窝阔台（1186 年—1241 年），元太祖成吉思汗的第三子，蒙古帝国大汗，史称“窝阔台汗”。1225 年，窝阔台受封于也儿的石河（今额尔齐斯河）上游和巴尔喀什湖以东一带，建斡耳朵于也迷里城(今新疆额敏县)。1229 年，忽里勒台大会，窝阔台被拥戴登基，开始管理整个蒙古帝国。他继承父亲的遗志，继续扩张领土，南下灭金朝，派拔都远征欧洲。他在位期间疆域版图曾扩充到中国华北地区以及中亚和东欧。窝阔台在位期间，任用契丹人耶律楚材为中书令，采用汉法并开科取士，重用中原文人，奠定了元朝的基础。

延伸阅读

成吉思汗第十二世祖朵奔篾儿干的妻子阿阑豁阿一共生了五个孩子，丈夫去世后，孩子们整天争斗不休。有一天，阿阑豁阿把孩子们召集起来，给他们一人一支箭，让他们折断，孩子们很容易就做到了。她又把五支箭合在一起，让孩子们来折，他们费尽力气也做不到。这时候，母亲语重心长地说了这段话。

“我的五个儿子，你们都是从我的肚皮里生出来的。如果你们像刚才五支箭般一支、一支地分散分开，你们每个人都会像单独一支箭般被任何人很容易地折断。如果你们能像那束箭般齐心协力，任何人也不容易对付你们！”教育孩子们只有团结一心才能克敌制胜。

2. 和睦相处

天空中飞翔的鸟儿，
靠的是翅膀的力量。
并肩向前的我们，
靠的是和谐和睦的力量。

（选自蒙古族民歌《智慧必力克》）

导读

在草原上的蒙古族家庭中，男人主要从事放牧，勘察草场、迁徙营盘、整修生产工具等劳动，在家庭中深受家人尊重，习惯上妻子不直呼丈夫的名字。但是男子处理家庭大事时，一般都与妻子商量，夫妻共同解决问题。他们十分讲求互敬互爱，相互尊重，和睦相处，形成了团结祥和的家风。

导读

草原上的风雪严寒，总是比明天来得更早，这让游牧民族的生活充满挑战与困难。在应对各种危机的时候，来自于朋友或者陌生人的帮助，就显得尤为珍贵。

延伸阅读

暴风雪中的旅行者，在牧民家中决不会空着肚子离开，牧民的热情好客，是旅途劳顿者最好的慰藉；牧区有句谚语“打猎靠各家，猎物众人拿”，是说蒙古族人会向有需要的陌生人分配猎物；在草原上遇到走失的牲畜，牧民会主动地送还。蒙古族重视维系人与人之间团结互助的关系，特别注重家庭之间的团结。他们用“增殖的牲畜，毛色一致；兴旺的人家，语言一致”告诫后代。在大自然的怀抱里靠游牧为生的蒙古族特别教育后代应互助协作，广泛交友。

4. 同心同德

齐心聚集的喜鹊，
胜过不成群的老虎。
虽然人多，若不团结，
则如破墙残垣般倒塌；
虽然人少，若能团结，
则如铜墙铁壁般坚固。
只要你们同心协力，
幸福就将伴随着你们；
只要你们尽力合作，
敌人就战胜不了你们。

（选自《蒙古族历代诗词选》）

导读

周武王十一年，周朝军队自镐京东向，攻伐商纣。其他诸侯闻讯，也纷纷率兵赶至，共同参加灭商之役。军队到达河朔时，周武王集众誓师。他在誓词中列举了商纣王的种种罪恶之后说：商纣虽然统治着上百万老百姓，但是百姓与他并不是一条心；我们虽然只有十来个治理国家的良臣，但能齐心协力，志同道合……只要我们同心同德，就一定能够消灭商纣，实现天下太平。

延伸阅读

主儿勤部人，是成吉思汗的血亲部族，因其关系事业成败，故必须设法团结。于是成吉思汗在围场中，常故意驱赶禽兽使其进入主儿勤人的围场中，但主儿勤领袖仍不肯与他和好。于是成吉思汗想出一套执行金朝命令，助金讨叛，为祖宗报仇的策略。希望在此策 略下，用报仇来号召蒙古各部团结，听从自己指挥。

5. 相亲相爱

抛弃亲戚骨肉，将为外人之食；
遗弃宗亲大族，将为他人之食。

（选自《蒙古族历代诗词选》）

导读

亲情，是指亲人之间特殊的感情。不管对方怎样也会爱对方，无论贫穷或富有，无论健康或疾病，甚至无论善恶。它有两个特点：一是互相的，不是单方面的；二是立体的，不能是单方面的。“亲情”重在“情”字，亲情是人间最美的一种情感。

延伸阅读

怎么能由家分封出来，
就生离怨不满之心？
不是还在老家的右边吗？
还是要不断来往互通音信。
怎么能由老群分出来，
就不闻不问各行其是呵，
其实你们更须注意团结，
这才符合骏马合群的习性。

（选自《成吉思汗箴言》）

第三单元

立诚信

诚信是一种无价的美好品德，对于每个人至关重要。一个有良好信誉的人，会受人尊重。小朋友，诚信生活也许会让我们有点累、有点烦，但它不会让我们走弯路。

1. 信守诺言

早晨说的
晚上忘掉，
晚上讲的
明日否定——
这不是真正的耻辱吗？
遵守自己的诺言，
食言者无法成事。

（选自《成吉思汗箴言》）

导读

谈到诚信，可谓是小到不说谎话、遵守时间，大到对事业对国家的忠诚与坚守，诚信守诺渗透到每个人日常生活的方方面面。讲诚信、守诺言就像建一座大厦的根基。基础牢固，风雨无忧；基础不牢，地动山摇。

延伸阅读

赫利特部[1]在受乃蛮部[2]围攻时，帕拉古岱[3]星夜赶路，请求铁木真派兵救援，而铁木真说道："你主曾多次失信，理应不给你们解围。但我们与你辈有深交，不能遗忘！"说着派四员大将带领一万人马，前去给赫王[4]解围。

[1] 《青史演义》中的一个大国，依附于金朝，与勃特国（即成吉思汗降生的乞颜部）相邻。成吉思汗父亲也速该曾帮助该国平息内乱。

[2] 古代部落名。十一到十二世纪游牧于蒙古高原西部，在漠北诸部中较其他部落先进，吸收突厥、回鹘文化，采用其汗号和官号，通用畏兀尔文字，任用畏兀尔人参与管理本部事务，较早建立了国家机构。先臣属于辽，后又附金。后来被成吉思汗率兵征服，成为蒙古族的组成部分。

[3] 《青史演义》中赫利特国的勇士，在赫利特被乃蛮部围攻时，突出重围，向成吉思汗求来援军，解救了本国危机。

[4] 《青史演义》中赫利特国的首领，名为陶高利勒，为人残暴，反复无常。

2. 讲求信义

宁可折断骨头，
也不可背弃信义。

（选自《成吉思汗箴言》）

说话必须讲求信用，
做事必须达到目的。

（选自《蒙古族谚语》）

导读

能够遵守互相之间或集体之间的约定、协议及诺言，诚实无欺，坚持到底，不背叛、出卖友朋。知廉耻荣辱，有所为，有所不为，这就是信义。

延伸阅读

《夷俗记·习尚》记载：蒙古人“最敬者笃实不欺、最喜者胆力出众，其最重者然诺，其最惮者盟誓，伪则不誓，一誓死不渝也”。他们教育后代：“从酒壶里倒出来的酒热乎，打心眼里说出的话真实……炒米不能种，谎话不能说……宁失肥牛，勿失己言。”“烈火中看出金子的质量，诺言上看出朋友的品质。”这种恪守信义的告诫代代相传。

3. 忠于事业

泡子水深，鸭才能泳于水；
为人忠厚，人才取信于人。
得别人信任凭忠诚，
改自己错误凭真诚。

（选自《蒙古族谚语》）

导读

忠诚，是无论一帆风顺还是逆流而上，面对种种诱惑与考验，能够坚持自己最初的信念，能够把自己坚信不疑的事业坚持做下去。

延伸阅读

铁木真灭塔塔尔部时，在斯钦布和设的陷阱中受箭伤，四杰全力保护，毛浩来领兵迎战。斯钦布和的部下宝利砍了其首级，并以此跪拜投降，面见铁木真。铁木真叫士兵砸烂斯钦布和的首级，说宝利是杀君的不义之人，应该严惩。

（选自《青史演义故事》）

4. 践行誓言

我们不是曾经立下誓盟吗，即使是狂风暴雪埋葬忠骨，也要坚守我们的约定；即使是雨瀑如洪淹没胸椎，也要坚守我们的誓言。我们蒙古人一旦许下应诺，不是

就和立下誓盟一般吗？

我们不是曾经这样说过：把不守信约之人，从忠诚者的行列当中赶出去；把丢弃誓盟之人，从勇敢者的队伍当中踢出去。难道你们真的忘却了，我们蒙古人共同坚守的这句话吗？

凡是结拜安答的啊，便是一个性命般不相舍弃，要用生命维护。

在困难临头的时刻，相互不能舍弃分离，要做性命的保护者。

在欢乐降临的时候，彼此平分一种心情，要做同喜的祝福者。

（选自《蒙古秘史文学本》）

导读

蒙古族人重诚信，对欺诈性的交换行为，非法谋利行为极其蔑视。他们在和对方交流、交换的时候特别守信用、讲诚信。从前，蒙古人出去放牧或下地作农活，包括晚上睡觉都没有锁门的习惯，这足以说明他们对彼此的信任程度，没有丝毫的怀疑之心。

延伸阅读

安答，蒙古语，意为结盟者。在中国古代北方很多少数民族中，两人因交换信物而结成朋友后的互称。结为安答者，生死不渝，成吉思汗父亲也速该与克烈部长汪罕，成吉思汗与札答阑部长札木合，都曾结为安答。

第四单元

勇实践

小朋友，你读了万卷书，如果再行万里路，你就会发现，纸上的道理最后变成了你头脑中的真理。聪明人获取知识的途径并不是只有书本。对大多数人来说，实践更是他们的首选。阅读可以增长智慧，实践可以增长才干。

1. 践行真知

人如果从小养成幻想抓云这样不实际的陋习，那么他长大了连羔羊和马驹都分不清。

（选自《蒙古族谚语》）

比起待在家里的聪明人，环游世界、行万里路的笨者更胜一筹。

平川之地，告诉我们水源在哪里；

崎岖之地，告诉我们道路在哪里。

（选自《蒙古族文学史》）

导读

不管理想如何高远，无论设想如何美好，如果不去踏踏实实努力实现，我们就只能做一个语言上的巨人，行动上的侏儒，最终一事无成。

延伸阅读

蒙古大军攻打金国时，赛音布和汗之子占布拉跪在皇主面前说道：“如今我终于可以重见天日。小臣愿意走在前面，为大军开路。”成吉思汗大加赞赏，封他为哲别副手，走在大军前面，命他去探听金国讯息，寻找行进路线。

（选自《青史演义》）

2. 敢于行动

“沿着高山的山麓走，向着大海的渡口去，不惧怕路途遥远，坚持走就能到达。

（选自《成吉思汗与蒙古文化》）

导读

成吉思汗在教育自己的四个儿子时说过这样的话，之后这段话就在蒙古族民间广为流传。这段话告诉人们在百折不挠地奋斗的时候，总是把遵循客观规律的道理放在首位。

延伸阅读

成吉思汗说道："如今号令一发，金民将会灭绝！金朝大势已去，其社稷不为我所有。只要金主死心塌地做我臣民，我们何苦断其子孙？"说完，命令全军撤到金都后城之外过冬。是年冬天，金国总督刘伯林、长可二人携家眷，降于蒙古。"

（选自《青史演义》）

3. 历经考验

刀刃锋利靠大石头磨砺，勇士成长靠战斗锻炼。

做文章须有奇峰突起的妙招，

闯事业就有力挽狂澜的气概。

（选自《蒙古族谚语》）

与其泪流满面，不如握紧拳头。

（选自乔吉蒙古文校注本《罗·黄金史》）

导读

困难是检验一个人品质与能力的试金石，没有经历过逆境与危机的人，不知道自己真正的能力和本领。

延伸阅读

哈布图哈撒儿的后裔、脱胡巴特尔的儿子，脱莫洛胡巴特尔令其子哈齐忽鲁克率六十名旗手前来说："声名扫地不如头颅落地！"迎上前去与汉儿追兵展开搏杀，最终死去。传说这次哈撒儿的后裔援助了可汗的后裔，是报效可汗后裔的一个实例。他们出古北口，驻守在巴日斯浩特，汉人的军队则在沙狐城驻守。

（选自《黄金史纲》）

4. 增强心志

如果放飞一只小鸟，让它去抓大雄鹰，它很快就会躲到鼠洞里；如果放飞一只大雄鹰，让它去捉小鸟，它不但抓了小鸟，还要往上飞，再去抓来一只大雕。

说是有不可越过的山岭，但不要为此担心，只要有决心就能越过。说是有不可涉渡的江河，但不要为此担忧，只要有决心就能渡过。

（选自《成吉思汗箴言》）

导读

一个有坚强心志的人，在磨练中会生长出勇气。勇气是勇敢，勇敢和坚决是美德的灵魂。是你第一次尝试做一件你从来没做过的事。勇气是主动，主动与陌生人或新朋友沟通，需要勇气。勇气是控制，管好自己做正确的事情。

延伸阅读

秋末白露时节，开始吊控乘马和猎狗。吊好之后，猎人们选一个叫作“红喜鹊”的能见红色的日子出猎。到达狩猎地点后，先祭祀神玛乃汗，然后才开始打猎。牵猎狗的人一般都牵两只以上猎狗，近十名猎手的狗加起来就有三四十只。他们排列前进在宽三五里的地段，有的人见猎物就撒狗，有的则只作准备先不撒狗，等到节骨眼上才撒狗。每只猎狗平均一天能抓到两三只狐狸。蒙古族狩猎者用猎狗打猎，却不以猎狗所抓到猎物多少进行分配，而是按传统习俗，凡参加者都能分到一份猎获物。

第五单元

持善意

人类最珍贵的东西从来都不是外在的物质文明，而是自己的内心世界。人们的勇气、爱心、善良、坚强，才是人类文明得以延续至今最大依仗。小朋友，总有一天你会发现，善良会带给你这个世界最温暖亲切的回报。

1. 拯救孤苦

当我除了人影无伴当、除了马尾无小鞭的时候，首先向我伸出援助之手的是博尔术和者勒篾这两位朋友。今天封他们二人为群臣之首。

（选自《成吉思汗箴言》）

导读

什么是善良？善良就是在看到别人遇到困难时，发自内心地同情他、帮助他。它代表着悲哀、怜悯和伤感，这种感情是人类特有的一种相互关爱的情怀。善待他人就是善待自己，要想得到别人的爱，首先要学会爱别人。一个善良的人一定是温暖的人，乐于助人的人，懂得珍惜和感恩的人，不会因为小事而斤斤计较，也不会因为得失而过喜过悲。做事肯为他人考虑，小到帮助一个人，大到心里装着芸芸众生，每一次伸出双手都带着暖意。博尔术和者勒蔑都是在成吉思汗最困难的时候，来到他的身边，全心全意帮助他的人，所以成吉思汗对这两个相识于贫贱之时的朋友，也是发自内心的感激。

延伸阅读

者勒蔑，又称哲里麦。兀良哈氏，札儿赤兀歹之子。著名的蒙古帝国大将，成吉思汗开国功勋四勇将军之一。者勒蔑原本居住在不儿罕山（肯特山）地区，与蒙古部为邻，自幼侍从铁木真，多有功劳，被铁木真誉为“有福庆的伴当”。他曾与成吉思汗相随逃避蔑儿乞人追击屡救铁木真于危难之中。南宋淳熙十六年(1189)，铁木真继蒙古部汗位时，者勒蔑与博尔术同被封为众官之长，参与政事，以果敢善战著称，有“饮露骑风”之美称。

2. 友好往来

要听长者的训言。
一切的人
如果相互友好
对自己是保护
互相是依靠
人们友好往来吧！

（选自《成吉思汗箴言》）

导读

每个人的心底都有一颗善良的种子，善良是灵魂的微笑，善良是对生命的感恩，是一种至善至美的心灵境界。善良可以驱赶寒冷，横扫阴霾。人生路上用一颗善良的心来对待生命的际遇，生活就会处处明媚。拥有善良，眼里将充满对一切美好事物的憧憬与向往，心里装着对一切不幸事物的包容和谅解。

延伸阅读

《蒙古秘史》有许多关于互助故事的记载。成吉思汗先祖朵奔篾儿干路遇兀良哈歹人杀鹿，说："朋友，将这份子肉来！"那人立即把肉分给他。成吉思汗规定的《大札撒》里说："行路时经过用餐人的旁边，可下马与之共席用餐。用餐人不能拒绝。"长期以来，远行人遇到帐幕，即使主人不在也可进包用餐。主人归来，如冷落相待，就为失礼，传出去要受到舆论责备。

蒙古族对来客，不论是熟人还是陌生人，见面总是热情问候："他赛音百努（安好）"，随后主人把右手放在胸前，微微躬身，请客人进蒙古包，全家老少围着客人坐下，问长问短，好似自家亲人。

在蒙古族的社会交往礼仪中，骑马、坐车到牧民家作客，接近蒙古包时，就要轻骑慢行，以免惊动畜群，在进蒙古包以前，马鞭和马棒要放在门外，如带入包内，则被看作对主人的不尊敬。出蒙古包后，不要立即上车、上马，要走一段路，等主人回去了，再上车、上马。

3. 为人谦让

如果各自都要你争我夺，
到头来只能是失去许多朋友。
如果各自都要出人头地，
到头来只能是自己毁灭自身。

（选自《成吉思汗箴言》）

导读

谦让表现出来的是胸怀的宽广，是对他人的尊重。谦让，美就美在克己让人。人人都这样，就会减少摩擦，达到社会和谐。有些事情，我们完全可以“退一步”“让三分”。不必为了一点一滴的得失，而去和他人 计较，甚至大动干戈。谦让，就是为人处世之道。一个斤斤计较的人，他的朋友会多吗？又会有多少人愿意与他交往呢？学会谦让，你就会得到许多朋友。学会谦让，发自内心的谦让，你才是一个真正的成功者。

延伸阅读

鄂尔多斯蒙古族口口相传的民歌唱道：“是百灵就要唱出最美的歌调，是文明人就要讲究礼貌；没有羽毛，有多大的翅膀也不能飞翔，没有礼貌，再好的容貌也被人耻笑。”蒙古族人民十分讲究待客之礼，每当有尊贵的客人来到牧民家中，好客的牧民往往会举办隆重的“乌查”宴。“乌查”宴的礼节很隆重，大体程序是：第一，献奶。牧民认为奶食是最为纯洁、吉祥的食品。因此，向客人献上洁白的鲜奶或酸奶，便是主人敬客的最高礼节。所谓献奶，就是根据客人的年龄、辈分，主人双手端起盛有牛奶的银碗，依次敬献到客人面前。客人双手接过，作为回礼，要用右手无名指蘸上牛奶向天空弹三下，以表示对天、地、神灵以及主人的尊崇。第二，上“乌查”。主人用托盘把全羊各件按羊体结构顺序摆好，在每一件上割一点肉放到羊头上，举向客位，意即现在把全羊都献给您了。客人依次从羊头上取一小点肉品尝，表明对主人敬意的全部接受。这时候，就有专人把“羊背子”肉割开，以供大家各取所需。按照古老的风俗，全羊之中，唯羊尾和左小腿不能吃，要回敬给主人。在此之前，主人还要取各样放在盘或酒盅里，然后出门喊一声“迪吉乌力古贵！（把全羊献给您啦）”以示对祖宗的敬意。第三，献酒。给主宾席上的长者或者辈分高者敬一杯酒，客人接过干杯，然后再回敬一杯。至此，大家就可随意品尝全羊美味了。蒙古族同胞认为吃大腿和胛子肉能够成为最有福气的人，所以“乌查”宴席上，至今仍有分食“福肉”之风。

4. 控制情绪

抑制自己的气焰，
要比杀死一只狮子强。
单靠自己的愤怒，
能够制服什么人？

（选自《成吉思汗箴言》）

导读

就像人类所有的感情一样，愤怒本身并无好坏之分，但愤怒的表达方式却有很多种。处理愤怒意味着我们的目标是解决问题，而不是伤害他人或者伤害自己。愤怒本身并不解决问题，只会激化矛盾，因此，找到愤怒爆发的原因，找到克制愤怒情绪的办法，去解决矛盾，这才是一个理智的人面对冲突应有的反应。

延伸阅读

传说，有一次成吉思汗独自去打猎，烈日当空，他在羊肠小道上走了很久，很口渴。正在干渴难耐时，他看到山谷中，有水滴从上面滴下来，成吉思汗非常高兴，立刻从皮袋里取出杯子，耐着性子去接一滴一滴流下来的水。当水接到七八分满时，他就把杯子拿到嘴边，想要痛快地喝上一口。就在这时，一股疾风猛然把杯子从他手里吹了下来，将接了好久的水都洒了。成吉思汗又急又怒，抬头一看，原来是自己的爱鹰捣的鬼。成吉思汗非常生气，但是此鹰是他的心爱之物，他只好拿起杯子重新一滴一滴去接水。可是，一连几次，每当成吉思汗接到七八分满时，他的爱鹰就把水杯打翻，成吉思汗忍无可忍，挥刀把鹰杀死了。成吉思汗杀鹰时，不小心把杯子碰到山谷里，成吉思汗无法接水喝，他想既然有水流下来，上面一定有蓄水的湖泊或山泉。于是他忍着口渴，向山上爬去，到了山顶，果然发现有个池塘。成吉思汗兴奋极了，立即弯下腰想要喝个痛快。忽然，他发现水中有一条毒蛇的尸体，这才恍然大悟：是爱鹰救了他的命，他却杀死了爱鹰！

从此，成吉思汗痛下决心：绝不在生气的时候做决定！

5. 宽容理解

心志像海一样辽阔，
任何人不会压制你。
你若总是不被制服，
才是你当人的标志。

（选自《成吉思汗箴言》）

导读

宽容的基础是理解，宽容是认识，也是德行。唯有深刻地认识事物，才能对人和世界的复杂性了解和体谅，才有不轻易责难和赞美的思维习惯。宽容是原谅他人不触及底线的过错，不耿耿于怀，不锱铢必较，和和气气，做个大方的人。宽容如水般温柔，在遇到矛盾时，往往比过激的报复更有效。

延伸阅读

成吉思汗说道："如今号令一发，金民将会灭绝！金朝大势已去，其社稷不为我所有。只要金主死心塌地做我臣民，我们何苦断其子孙？"说完，命令全军撤到金都后城之外过冬天。是年冬天，金国总督刘伯林、长可二人携家眷，降于蒙古。

（选自《青史演义》）

后记

何为价值观？自人猿相揖别，生活越来越复杂，矛盾冲突也越来越频繁，如何安排人与自然、人与人之间的关系，这就需要种种规则。在规则框架中，利益、立场不同的人取得共识，理解、认同、执行规则，这就是价值观。如果说人类社会的过去、现在、未来是一条奔流不息的长河，那么价值观就是随之蜿蜒的河岸，它立足于河流，又约束着河流。在中国这片土地上，河流至今，几经曲折后，星垂平野阔，浩浩去无际。中华民族复兴之鹄的，就在国富民强，就在重立于文明之巅；法治、公正、平等、自由，则是现代文明的核心基质，也是规矩之所在；友善、诚信、敬业、爱国，如果每一个身处其中的个体，乐在其中，欣悦践履，那么普世和谐、天下大同就不再是梦想，而是心驰神往的现实。你怎么看这个世界，这个世界就会是什么样的。人们怎么去审视自己的责任，如何去看待自己的家与国，如何瞻望这片土地的未来，将决定复兴之路能走到哪里、走多远。

观念非无源之水，它来自于生活，提纯经验，凝结智慧，附丽于经典，如薪火般相传于口耳。人类柔弱堪比芦苇，之所以有今天的璀璨文明，全因那是一株株会思想、有传承的芦苇。莽莽北方草原，千百年来，经历过干旱、风雪、蝗虫狼鼠之灾，也饱受战乱之害。那些横跨东西万里的草原行国，盛时如火如荼，衰时如青烟袅袅，俯视王朝兴替的蓝天白云依旧，背负过客匆匆脚步的草原依旧。草原上的人们跟着牛羊从夏天走到冬天，毡帐搭了又拆，旭日升皓月落，一季草荣一季草枯。流年改变了人们的容颜，改变了人们的生活，甚至改变了大地本身的模样，但总有一些存在无法改变。流传在蒙古包里的民间俗谚、歌谣、成吉思汗箴言与大札撒，长者们呕心沥血收藏教授的《蒙古秘史》《黄金史纲》《青史演义》……人类的智慧之光，在不同的地方会有不同的形状，但是，就像潭中月与海上月，都是天心月的投影，彼此有共通之处。草原文化里的言语教训与社会主义核心价值观有着体裁、语言等形式上的差异，然而在本质上却是一脉相承、声气相投。

经过岁月的涤荡淘洗，得以流传下来的蒙古族思想成果弥足珍贵。这些教人向善、促人奋进、引人入胜的言语，是阿布、额吉们祖祖辈辈间的老生常谈，也是我们持守的集体记忆。翻开书，抛开种种成见，以平常心读这些来自岁月深处的前人留言，听一听，他们向往的生活究竟是什么样的。之后，也许你对自己、对世界，会有一点不一样的想法。